Černý muž

Černý muž

ALDIVAN TORRES

Emily Cravalho

Canary Of Joy

CONTENTS

1 | 1

„Černý muž“
Aldivan Torres
Emily Andrade Cravalho

ČERNÝ MUŽ

Autor: Aldivan Torres
2020- Aldivan Torres
Všechna práva vyhrazena

Tato kniha, včetně všech jejích částí, je chráněna autorskými právy a nelze ji bez souhlasu autora reprodukovat, dále prodávat nebo převádět.

Aldivan Torres, narozená v Brazílii, je literární umělkyně. Sliby svými spisy potěší veřejnost a povedou ho k potěšení z potěšení. Koneckonců, sex je jedna z nejlepších věcí, která existuje.

Věnování a díky
Prezentace
Černoch
Oheň
Lékařská konzultace
Soutěžní test
Návrat učitele

Věnování a díky

Tuto erotickou sérii věnuji všem milovníkům sexu a perverzím, jako jsem já. Doufám, že splním očekávání všech šílených myslí. Tuto práci zde zahajuji s přesvědčením, že Amelinha, Belinha a jejich přátelé se stanou dějinami. Bez dalších okolků vřelé objetí mých čtenářů.

Dobré čtení a spousta zábavy.

S láskou autor.

Prezentace

Amelinha a Belinha jsou dvě sestry, které se narodily a vyrůstaly v Pernambuco. Dcery zemědělských otců věděly brzy, jak čelit divokým obtížím venkovského života s úsměvem na tváři. Tím dosáhli svých osobních výbojů. První je auditor veřejných financí a druhý, méně inteligentní, je obecní učitel základního vzdělávání v Arcoverde.

I když jsou profesionálně šťastní, mají dva vážný chronický problém vztahů, protože nikdy nenašli jejich prince okouzlujícího, což je sen každé ženy. Nejstarší, Belinha, přišla na chvíli žít s mužem. Bylo však zrazeno to, co v jeho malém srdci vyvolalo nenapravitelná traumata. Byla nucena se rozejít a slíbila si, že už nikdy nebude trpět kvůli muži. Amelinha, ubohá, nemůže se ani zasnoubit. Kdo se chce oženit s Amelinha? Je to drzá brunetka, hubená, střední výšky, medově zbarvených očí, středního zadku, prsa jako meloun, hruď vymezená za podmanivým úsměvem. Nikdo neví, jaký je její skutečný problém, respektive obojí.

Pokud jde o jejich mezilidské vztahy, mají velmi blízko ke sdílení tajemství mezi nimi. Vzhledem k tomu, že Belinha byla zrazena darebákem, vzala Amelinha bolesti své sestry a také se vydala hrát s muži. Ti dva se stali dynamickým duem známým jako „Zvrácené sestry". Přesto muži milují být jejich hračkami. Je to proto, že není nic lepšího než milovat Belinha a Amelinha i na chvíli. Poznáme společně jejich příběhy?

Černoch

Amelinha a Belinha i skvělí profesionálové a milenci jsou krásné a bohaté ženy integrované do sociálních sítí. Kromě samotného sexu se také snaží spřátelit.

Jednou vstoupil do virtuálního chatu muž. Jeho přezdívka byla „Black Man". V tuto chvíli se brzy zachvěla, protože milovala černochy. Legenda říká, že mají nesporné kouzlo.

- Ahoj krásko! - Zavolal jsi požehnanému černochovi.

- Dobrý den, dobře? - odpověděl na zajímavou Belinha.

- Všechno skvělé. Dobrou noc!

- Dobrou noc. Miluji černochy!

- To se mě nyní hluboce dotklo! Existuje pro to však zvláštní důvod? Jak se jmenuješ?

- Důvodem je moje sestra a já mám rád muže, pokud víte, co tím myslím. Pokud jde o název, i když se jedná o velmi soukromé prostředí, nemám co skrývat. Jmenuji se Belinha. Rád vás poznávám.

- Potěšení na mé straně. Jmenuji se Flavius a jsem velmi milý!

- V jeho slovech jsem cítil pevnost. Myslíš, že má intuice má pravdu?

- Na to teď nemohu odpovědět, protože tím by se celé tajemství skončilo. Jak se jmenuje tvoje sestra?

- Jmenuje se Amelinha.

- Amelinha! Krásné jméno! Můžete se popsat fyzicky?

- Jsem blonďatá, vysoká, silná, dlouhé vlasy, velký zadek, střední prsa a mám sochařské tělo. A ty?

- Černá barva, vysoký jeden metr a osmdesát centimetrů, silná, tečkovaná, paže a nohy silné, upravené, rozcuchané vlasy a výrazné tváře.

- Au! Au! Zapneš mě!

- Nedělejte si s tím starosti. Kdo mě zná, nikdy nezapomene.

- Chceš mě teď pobláznit?

- Omlouvám se za to, zlato! Je to jen přidat trochu kouzlo do naší konverzace.

- Kolik je Vám let?

-   Dvacet pět let a vaše?

-   Je mi třicet osm let a sestře třicet čtyři. I přes věkový rozdíl jsme si velmi blízcí. V dětství jsme se spojili, abychom překonali potíže. Když jsme byli teenageři, sdíleli jsme své sny. A teď v dospělosti sdílíme naše úspěchy a frustrace. Nemůžu bez ní žít.

-   Skvělý! Tento váš pocit je velmi krásný. Dostávám nutkání se s vámi setkat. Je tak zlobivá jako ty?

-   V dobrém smyslu je nejlepší v tom, co dělá. Velmi chytrý, krásný a zdvořilý. Moje výhoda je, že jsem chytřejší.

-   Ale v tom nevidím problém. Mám rád obojí.

-   Opravdu se ti to líbí? Víte, Amelinha je zvláštní žena. Ne proto, že je to moje sestra, ale proto, že má obří srdce. Je mi jí trochu líto, protože nikdy nedostala ženicha. Vím, že jejím snem je vdávat se. Připojila se ke mně v povstání, protože mě zradil můj společník. Od té doby hledáme pouze rychlé vztahy.

-   Naprosto to chápu. Jsem také úchyl. Nemám však žádný zvláštní důvod. Chci si jen užít mládí. Vypadáte jako skvělí lidé.

-   Děkuji mnohokrát. Jste opravdu z Arcoverde?

-   Jo, jsem z centra. A ty?

-   Že čtvrti svatý Kryštof.

-   Skvělý. Žiješ sám?

-   Ano. V blízkosti autobusového nádraží.

-   Můžeš dnes navštívit muže?

-   Rádi bychom. Ale musíte zvládnout obojí. Dobře?

-   Neboj se, lásko. Zvládnu až tři.

-   Divit se! Jsem potěšen!

-   Budu přesně tam. můžete vysvětlit umístění?

-   Ano. Bude mi potěšením.

-   Vím, kde to je. Jdu tam!

Černoch opustil místnost a Belinha také. Využila to a přestěhovala se do kuchyně, kde potkala svou sestru. Amelinha umývala na večeři špinavé nádobí.

-   Dobrou noc, Amelinha. Nebudete věřit. Hádejte, kdo přijde?

- Netuším, sestro. SZO?

- Flavius. Potkal jsem ho ve virtuální chatovací místnosti. Dnes bude naší zábavou.

- Jak vypadá?

- Je to Černoch. Už jste někdy přestali a mysleli si, že by to mohlo být hezké? Ten ubožák neví, čeho jsme schopni!

- Opravdu to je, sestro! Pojďme ho dokončit.

- Padne se mnou! - řekl Belinha.

- Ne! Bude to se mnou – řekl Amelinha.

- Jedna věc je jistá: S jedním z nás padne – uzavřel Belinha.

- Je to pravda! Co kdybychom všechno připravili v ložnici?

- Dobrý nápad. Pomůžu ti ven!

Dvě nenasytné panenky šly do místnosti a nechaly vše uspořádané pro příchod muže. Jakmile dojedou, uslyší zvonit.

- Je to on, sestro? - zeptala se Amelinha.

- Podívejme se na to společně! - Pozval Belinha.

- No tak! Amelinha souhlasila.

Krok za krokem obě ženy prošly dveřmi do ložnice, prošly jídelnou a poté dorazily do obývacího pokoje. Šli ke dveřím. Když ji otevřou, narazí na Flavius okouzlující a mužný úsměv.

- Dobrou noc! Dobře? Jsem Flavius.

- Dobrou noc. Jste srdečně zváni. Jsem Belinha, která s vámi mluvila na počítači, a ta sladká dívka vedle mě je moje sestra.

- Rád vás poznávám, Flavius! - řekla Amelinha.

- Rád vás poznávám. Mohu vstoupit?

- Tak určitě! - Obě ženy odpověděly současně.

Hřebec měl přístup do místnosti sledováním všech detailů výzdoby. Co se dělo v té vroucí mysli? Zvláště se ho dotkl každý z těchto ženských vzorků. Po krátké chvíli pohlédl hluboce do očí dvou kurev a řekl:

- Jste připraveni na to, co jsem přišel udělat?

- Jsme připraveni – potvrdil milenci!

Trojice se tvrdě zastavila a šla dlouhou cestu do větší místnosti domu. Zavřením dveří si byli jisti, že nebe za pár vteřin půjde do pekla. Všechno bylo perfektní: Uspořádání ručníků, sexuálních hraček, porno filmu hrajícího na stropní televizi a romantické hudby živé. Nic nemohlo vzít radost z velkého večera.

Prvním krokem je sedět u postele. Černoch začal svlékat své dvě ženy. Jejich touha a touha po sexu byla tak velká, že u těch sladkých dám způsobily trochu úzkosti. Sundal si košili a ukazoval hrudník a břicho dobře vypracované každodenním tréninkem v tělocvičně. Vaše průměrné vlasy po celém tomto regionu si dívky povzdechly. Poté si stáhl kalhoty a umožnil pohled na spodní prádlo Box, což následně ukázalo jeho objem a mužnost. V tuto chvíli jim dovolil dotknout se varhan, čímž se stal vzpřímenějším. Bez tajemství odhodil spodní prádlo a ukázal vše, co mu Bůh dal.

Byl dvaadvacet centimetrů dlouhý, čtrnáct centimetrů v průměru natolik, aby je pobláznil. Aniž by ztráceli čas, padli na něj. Začali předehrou. Zatímco jedna spolkla penis do úst, druhá olízla šourkové vaky. V této operaci to byly tři minuty. Dost dlouho na to, abychom byli úplně připraveni na sex.

Potom začal přednostně pronikat do jednoho a poté do druhého. Časté tempo raketoplánu způsobovalo po činu sténání, výkřiky a více orgasmů. Bylo to třicet minut vaginálního sexu. Každý polovinu času. Poté skončili orálním a análním sexem.

Oheň

V hlavním městě všech zapadlých lesů v Pernambuco byla chladná, temná a deštivá noc. Byly chvíle, kdy přední větry dosáhly rychlosti 100 kilometrů za hodinu a děsily chudé sestry Amelinha a Belinha. Obě zvrácené sestry se setkaly v obývacím pokoji svého jednoduchého bydliště ve čtvrti svatý Kryštof. Neměli co dělat, šťastně si povídali o obecných věcech.

- Amelinha, jaký byl tvůj den v kanceláři farmy?

- Totéž staré: organizoval jsem daňové plánování daňové a celní správy, řídil platby daní, pracoval v prevenci a boji proti daňovým únikům. Je to tvrdá práce a nuda. Ale odměňující a dobře placené. A ty? Jaká byla tvoje rutina ve škole? - zeptala se Amelinha.

- Ve třídě jsem složil obsah, který studenty vedl nejlepším možným způsobem. Opravil jsem chyby a vzal dva mobilní telefony studentů, kteří rušili třídu. Poskytoval jsem také kurzy chování, držení těla, dynamiky a užitečné rady. Kromě toho, že jsem učitelkou, jsem jejich matkou. Důkazem toho je, že jsem mezi přestávkami infiltroval třídu studentů a spolu s nimi jsme hráli. Podle mého názoru je škola náš druhý domov a musíme se starat o přátelství a lidské vztahy, které z ní máme – odpověděla Belinha.

- Brilantní, má mladší sestro. Naše práce jsou skvělá, protože poskytují důležité emocionální a interakční konstrukce mezi lidmi. Žádný člověk nemůže žít izolovaně, natož bez psychologických a finančních zdrojů – analyzovaná Amelinha.

- Souhlasím. Práce je pro nás nezbytná, protože nás činí nezávislými na převládající sexistické říši v naší společnosti, řekl Belinha.

- Přesně. Budeme pokračovat ve svých hodnotách a postojích. Člověk je dobrý jen v posteli – pozorována Amelinha.

- Když už mluvíme o mužích, co si myslíte o Christianovi? - zeptala se Belinha.

- Splnil moje očekávání. Po takové zkušenosti moje instinkty a moje mysl vždy vyžadují větší generaci vnitřní nespokojenosti. Jaký je váš názor? - zeptala se Amelinha.

- Bylo to dobré, ale také se cítím jako vy: neúplné. Jsem suchý z lásky a sexu. Chci víc a víc. Co dnes máme? - řekl Belinha.

- Došel mi nápad. Noc je chladná, temná a temná. Slyšíš ten hluk venku? Je tu hodně deště, silný vítr, blesky a hromy. Bojím se! - řekla Amelinha.

- Já také! - přiznala Belinha.

V tuto chvíli je po celém Arcoverde slyšet hromový blesk. Amelinha skočí do klína Belinha, která křičí bolestí a zoufalstvím. Současně chybí elektřina, takže jsou oba zoufalí.

- Co teď? Co uděláme Belinha? - zeptala se Amelinha.

- Slez ze mě, děvko! Vezmu si svíčky! - řekl Belinha.   Belinha jemně tlačila svou sestru na stranu gauče, když tápala po stěnách, aby se dostala do kuchyně. Protože je dům relativně malý, dokončení této operace netrvá dlouho. Pomocí taktu vezme svíčky do skříně a zapálí je zápalkami strategicky umístěnými na sporáku.

S rozsvícením svíčky se klidně vrací do místnosti, kde potkává svou sestru s tajemným úsměvem dokořán na tváři. Co měla v plánu?

- Můžeš se ventilovat, sestro! Vím, že si něco myslíš – Řekla Belinha.

- Co kdybychom zavolali hasiče města na varování před požárem? Řekla Amelinha.

- Nech mě to vysvětlit. Chcete vymyslet fiktivní oheň, který by nalákal tyto muže? Co když nás zatknou? - Belinha se bála.

- Můj kolega! Jsem si jistý, že budou milovat překvapení. Co lepšího musí dělat v temné a nudné noci, jako je tato? - řekla Amelinha.

- Máš pravdu. Poděkují za zábavu. Zlomíme oheň, který nás pohlcuje zevnitř. Nyní přichází otázka: Kdo bude mít odvahu jim zavolat? - zeptala se Belinha.

- Jsem velmi stydlivý. Tuto úlohu nechávám na vás, má sestro – řekla Amelinha.

- Vždy já. Dobře. Stane se cokoli – uzavřel Belinha.

Belinha vstala z gauče a jde ke stolu v rohu, kde je nainstalován mobilní telefon. Zavolá na pohotovostní číslo hasičského sboru a čeká na odpověď. Po několika dotycích uslyší z druhé strany hluboký, pevný hlas.

- Dobrou noc. Tohle je hasičský sbor. Co chceš?

- Jmenuji se Belinha. Bydlím ve čtvrti svatý Kryštof tady v Arcoverde. Moje sestra a já jsme zoufalí z toho všeho deště. Když tady v našem domě vypadla elektřina, způsobil to zkrat, který začal zapalovat předměty. Naštěstí jsme se sestrou šli ven. Oheň pomalu spotřebovává dům. Potřebujeme pomoc hasičů – řekla dívka zoufale.

- Klid, příteli. Brzy tam budeme. Můžete poskytnout podrobné informace o vaší poloze? - zeptal se hasič ve službě.

- Můj dům je přesně na Centrál Avenue, třetí dům vpravo. Je to v pořádku, lidi?

- Vím, kde to je. Budeme tam za pár minut. Být v klidu- Řekl hasič.

- Čekáme. Děkuji! - Děkuji, Belinha.

Se širokým úsměvem se vrátili na gauč, oba odložili polštáře a odfrkli si zábavou, kterou dělali. To se však nedoporučuje dělat, pokud to nebyly dvě děvky jako oni.

Asi o deset minut později uslyšeli zaklepání na dveře a šli na ně odpovědět. Když otevřeli dveře, postavili se třem magickým tvářím, z nichž každá měla svou charakteristickou krásu. Jeden byl černý, vysoký šest stop, nohy a paže střední. Další byla tmavá, jeden metr a devadesát vysoká, svalnatá a sochařská. Třetina byla bílá, krátká, hubená, ale velmi milá. Bílý chlapec se chce představit:

- Ahoj, dámy, dobrou noc! Jmenuji se Roberto. Tento soused se jmenuje Matthew a hnědák Philip. Jak se jmenujete a kde je oheň?

- Jsem Belinha, mluvil jsem s vámi po telefonu. Tahle brunetka je moje sestra Amelinha. Pojďte dál a já vám to vysvětlím.

- Dobře – přijali tři hasiče najednou.

Kvintet vstoupil do domu a všechno se zdálo normální, protože se vrátila elektřina. Spolu s dívkami se usadili na pohovce v obývacím pokoji. Podezřelé, dělají konverzaci.

- Oheň je u konce, že? - zeptal se Matthew.

- Ano. Už to ovládáme díky velkému úsilí – vysvětlila Amelinha.

- Škoda! Chtěl jsem pracovat. Tam v kasárnách je rutina tak monotónní, řekl Felipe.

- Mám nápad. Co takhle pracovat příjemnějším způsobem? - navrhl Belinha.

- Myslíš tím, že jsi to, co si myslím? - ptal se Felipe.

- Ano. Jsme svobodné ženy, které milují potěšení. Máte náladu na zábavu? - zeptala se Belinha.

- Pouze pokud jdete hned – odpověděl černoch.

- Jsem taky – potvrdil Brown Man.

- Počkej na mě – bílý chlapec je k dispozici.

- Takže, řekněme – dívky.

Kvintet vstoupil do místnosti a sdílel manželskou postel. Pak začala sexuální orgie. Belinha a Amelinha se střídali, aby se zúčastnili potěšení tří hasičů. Všechno vypadalo magicky a nebyl lepší pocit než být s nimi. S rozmanitými dárky zažili sexuální a poziční variace, které vytvářely dokonalý obraz.

Dívky se zdály neukojitelné z hlediska jejich sexuální vášně, která tyto profesionály pobláznila. Procházeli noc sexem a zdálo se, že potěšení nikdy nekončí. Neodešli, dokud nedostali urgentní volání z práce. Ukončili a šli odpovědět na policejní zprávu. Přesto by nikdy nezapomněli na ten úžasný zážitek po boku „Zvrácené sestry".

Lékařská konzultace

Svítilo to krásné hlavní město vnitrozemí. Obvykle se obě zvrácené sestry probouzely brzy. Když však vstali, necítili se dobře. Zatímco Amelinha stále kýchala, její sestra Belinha se cítila trochu udušená. Tato fakta pravděpodobně pocházela z minulé noci na Virginském válečném náměstí, kde pili, líbali na ústa a harmonicky odfrkávali v klidné noci.

Jelikož se necítili dobře a bez síly na cokoli, posadili se na gauči a nábožensky přemýšleli, co dělat, protože profesní závazky čekají na vyřešení.

- Co budeme dělat, sestro? Jsem úplně bez dechu a vyčerpaný – řekla Belinha.

- Řekni mi o tom! Bolí mě hlava a začínám mít virus. Jsme ztraceni! - řekla Amelinha.

- Ale nemyslím si, že to je důvod, proč zmeškat práci! Lidé jsou na nás závislí! - řekl Belinha

- Uklidněte se, nepanikařte! Co kdybychom se přidali k hezkému? - Navrhovaná Amelinha.

- Neříkej mi, že si myslíš, co si myslím ... - Belinha byla ohromená.

- To je správně. Pojďme společně k lékaři! Bude to skvělý důvod, proč zmeškat práci a kdo ví, že se nestane to, co chceme! - řekla Amelinha

- Skvělý nápad! Na co tedy čekáme? Připravme se! - zeptala se Belinha.

- No tak! - Amelinha souhlasila.

Ti dva šli do příslušných skříní. Z rozhodnutí byli tak nadšení; ani nevypadali nemocně. Byl to všechno jen jejich vynález? Odpusťte, čtenáři, nemyslíme špatně na naše drahé přátele. Místo toho je budeme doprovázet v této vzrušující nové kapitole jejich životů.

V ložnici se koupali ve svých apartmánech, oblékli si nové oblečení a boty, učesali si dlouhé vlasy, oblékli si francouzský parfém a šli do kuchyně. Tam rozbili vejce a sýr a naplnili dva bochníky chleba a jedli chlazenou šťávou. Všechno bylo velmi chutné. Přesto se nezdálo, že by to cítili, protože úzkost a nervozita před jmenováním lékaře byly obrovské.

Když bylo vše připraveno, opustili kuchyň, aby vyšli z domu. S každým krokem, který podnikli, jejich srdíčka pulzovala emocionálním myšlením ve zcela nové zkušenosti. Požehnaní buď všichni! Optimismus se jich zmocnil a ostatní se jimi měli řídit!

Na vnější straně domu jdou do garáže. Otevřením dveří na dva pokusy stojí před skromným červeným autem. Přes svůj dobrý vkus v automobilech dali přednost těm oblíbeným před klasikou ze strachu před běžným násilím téměř ve všech brazilských oblastech.

Dívky bez prodlení vcházely do auta a jemně sjížděly a poté jedna z nich zavře garáž a okamžitě se vrací k autu. Kdo řídí, je Amelinha se zkušenostmi již deset let. Belinha ještě nesmí řídit.

Velmi krátká cesta mezi jejich domovem a nemocnicí je zajištěna bezpečím, harmonií a klidem. V tu chvíli měli falešný pocit, že mohou dělat cokoli. Proti tomu se báli jeho mazanosti a svobody. Sami byli překvapeni provedenými opatřeními. Nebylo to o nic méně, že se jim říkalo špinaví dobří bastardi!

Když dorazili do nemocnice, naplánovali schůzku a čekali na zavolání. V tomto časovém intervalu využili výhod občerstvení a prostřednictvím mobilních aplikací si vyměnili zprávy se svými drahými sexuálními služebníky. Cyničtější a veselíš než tyto, to se nedalo!

Po chvíli je na řadě být viděn. Nerozluční vstupují do pečovatelské kanceláře. Když k tomu dojde, lékař má téměř infarkt. Před nimi byl vzácný kus muže: vysoká blondýnka, vysoká jeden metr a devadesát centimetrů, vousatá, vlasy tvořící culík, svalnaté paže a prsa, přirozené tváře s andělským výrazem. Ještě předtím, než mohli vypracovat reakci, vyzývá:

- Posaďte se, oba!

- Děkuji! - Řekli oba.

Ti dva mají čas udělat rychlou analýzu prostředí: Před servisním stolem, lékařem, židlí, ve které seděl, a za skříní. Na pravé straně postel. Na zdi jsou expresionistické obrazy autora Cândido Portinari, které zachycují muže z venkova. Atmosféra je velmi útulná, takže dívky jsou v klidu. Atmosféru relaxace narušuje formální stránka konzultace.

- Řekni mi, co cítíš, holky!

Dívkám to znělo neformálně. Jak sladký byl ten blonďák! Muselo to být chutné k jídlu.

- Bolest hlavy, indispozice a virus! - Řekl Amelinha.

- Jsem dech a unavený! - Tvrdil Belinha.

- To je v pořádku! Nech mě se na to podívat! Lehněte si na postel! - zeptal se doktor.

Děvky sotva na tuto žádost dýchaly. Profesionál je donutil sundat si část oblečení a cítil je v různých částech, které způsobovaly zimnici a studený pot. Uvědomil si, že s nimi není nic vážného, a pak si vtipkoval:

- Všechno vypadá perfektně! Co chcete, aby se báli? Injekce do zadku?

- Miluji to! Pokud je to velká a silná injekce ještě lepší! - řekl Belinha.

- Použiješ pomalu, lásko? - řekla Amelinha.
- Už žádáte příliš mnoho! - Poznamenal jsem lékaře.

Opatrně zavřel dveře a padl na dívky jako divoké zvíře. Nejprve sundá z těl zbytek oblečení. To ještě více zostřuje jeho libido. Tím, že je úplně nahý, na chvíli obdivuje tato sochařská stvoření. Pak je řada na něm, aby se předvedl. Zajišťuje, aby se svlékli. To zvyšuje souhru a intimitu mezi skupinou.

Se vším, co je připraveno, začínají s přípravou sexu. Používání jazyka v citlivých částech, jako je konečník, zadek a ucho, blondýna způsobuje u obou žen mini orgasmy pro potěšení. Všechno šlo dobře, i když někdo stále klepal na dveře. Žádná cesta ven, musí odpovědět. Chodí trochu a otevře dveře. Přitom narazí na pohotovostní sestru: štíhlého mulata, s tenkými nohami a velmi nízko.

- Pane doktore, mám otázku ohledně léčby pacienta: je to pět nebo tři sta miligramů aspirin? - Zeptal se Roberta, že ukazuje recept.
- Pět set! - Potvrzeno Alex.

V tomto okamžiku sestra uviděla nohy nahých dívek, které se pokoušely skrýt. Směje se uvnitř.

- Trochu žertujete, hm, doktore? Ani neovlajte svým přátelům!
- Promiňte! Chceš se přidat ke gangu?
- Rád bych!
- Tak pojď!

Ti dva vešli do místnosti a zavírali za sebou dveře. Mulat se více než rychle svlékl. Zcela nahý ukázal svůj dlouhý, tlustý, žilnatý stožár jako trofej. Belinha byl nadšený a brzy mu poskytl orální sex. Alex také požadoval, aby s ním Amelinha udělala totéž. Po orálním podání začali anální. V této části se Belinha velmi těžko držela monstrózního ptáka sestry. Ale jakmile to vstoupilo do díry, jejich potěšení bylo obrovské. Na druhou stranu necítili žádné potíže, protože jejich penis byl normální.

Pak měli vaginální sex v různých polohách. Pohyb tam a zpět v dutině způsoboval v nich halucinace. Po této fázi se čtyři spojili do skupinového sexu. Byl to nejlepší zážitek, při kterém byly zbývající energie vynaloženy. O patnáct minut později byli oba vyprodáni. Pro sestry by sex nikdy neskončil, ale dobře, protože byly respektovány křehkost těchto mužů. Nechtěli rušit svou práci, přestali si brát osvědčení o oprávněnosti práce a svůj osobní telefon. Během přechodu do nemocnice odešli úplně klidní, aniž by vzbudili něčí pozornost.

Když dorazili na parkoviště, vešli do auta a vydali se na cestu zpět. Byli šťastní, už přemýšleli o svém dalším sexuálním neplechu. Zvrácené sestry byly opravdu něco!

Soukromá lekce

Bylo to odpoledne jako každé jiné. Nováčci v práci, zvrácené sestry byly zaneprázdněny domácími pracemi. Po dokončení všech úkolů se shromáždili v místnosti, aby si trochu odpočinuli. Zatímco Amelinha četla knihu, Belinha procházela svými oblíbenými webovými stránkami mobilní internet.

V určitém okamžiku druhá křičí nahlas v místnosti, což děsí její sestru.

-A co to je, děvče? Jsi blázen? - zeptala se Amelinha.

- Právě jsem vstoupil na web soutěží, které mají vděčnou překvapení, informoval Belinha.

-Řekni mi více!

-Registrace federálního krajského soudu jsou otevřené. Udělejme?

-Dobré volání, má sestro! Jaký je plat?

-Více než deset tisíc počátečních dolarů.

-Velmi dobře! Moje práce je lepší. Soutěž však udělám, protože se připravuji na hledání dalších akcí. Bude to sloužit jako experiment.

-Děláte se velmi dobře! Povzbuzuješ mě Teď nevím, kde začít. Můžete mi dát tipy?

-Kupte si virtuální kurz, zeptejte se na testovacích webech mnoha otázek, proveďte a opakujte předchozí testy, pište shrnutí, sledujte tipy a stahujte si dobré materiály mimo jiné na internetu.

-Děkuji! Vezmu si všechny tyto rady! Ale potřebuji něco víc. Podívej, sestro, protože máme peníze, co kdybychom zaplatili za soukromou lekci?

-Nemyslel jsem to. To je dobrý nápad! Máte nějaké návrhy pro kompetentní osobu?

-Mám v telefonních kontaktech velmi kompetentní učitele z Arcoverde. Podívejte se na jeho obrázek!

Belinha dala sestře její mobilní telefon. Když viděla chlapcovu fotku, byla ve vytržení. Kromě hezkého byl chytrý! Byla by to dokonalá oběť dvojice spojující užitečné s příjemným.

-Na co čekáme? Jdi pro něj, sestro! Brzy musíme studovat. - řekla Amelinha.

-Máš to! - Belinha přijata.

Vstala z gauče a začala vytočit čísla telefonu na numerické klávesnici. Po uskutečnění hovoru bude přijetí hovoru trvat jen několik okamžiků.

-Ahoj. Jste v pořádku?

-Je to skvělé, Renato.

-Pošlete rozkazy.

- Procházel jsem internet, když jsem zjistil, že žádosti o federální regionální soudní soutěž jsou otevřené. Svou mysl jsem okamžitě pojmenoval jako úctyhodný učitel. Vzpomínáte si na školní sezónu?

- Dobře si pamatuji ten čas. Dobré časy ti, kteří se nevracejí!

-To je správně! Máte čas dát nám soukromou lekci?

-Jaký rozhovor, slečno! Pro tebe mám vždy čas! Jaké datum stanovíme?

-Můžeme to udělat zítra ve 2:00? Musíme začít!

-Samozřejmě, že ano! S mojí pomocí pokorně říkám, že šance na průchod se neuvěřitelně zvyšují.

-Jsem si tím jistý!

-Jak dobře! Můžete mě očekávat ve 2:00.

-Děkuji mnohokrát! Uvidíme se zítra!

-Uvidíme se později!

Belinha zavěsil telefon a načrtl úsměv pro svého společníka. Podezření na odpověď se Amelinha zeptala:

-Jak to šlo?

-Přijal. Zítra ve 2:00 tu bude.

-Jak dobře! Nervy mě zabíjejí!

-Jen klid, sestro! Bude to v pořádku.

-Amen!

-Máme připravit večeři? Už mám hlad!

-No si pamatuji.!

Dvojice šla z obývacího pokoje do kuchyně, kde v příjemném prostředí mluvila, hrála, vařila mimo jiné činnosti. Byly to příkladné postavy sester, které spojovala bolest a osamělost. Skutečnost, že byli bastardi v sexu, je ještě více kvalifikovala. Jak všichni víte, brazilská žena má teplou krev.

Brzy poté se kolem stolu bratřili a přemýšleli o životě a jeho peripetiích.

-Jíst tento lahodný kuřecí, pamatuji si černocha a hasiče! Okamžiky, které nikdy nevypadají! - řekla Belinha!

- Řekni mi o tom! Ti kluci jsou vynikající! Nemluvě o zdravotní sestře a lékaři! Také jsem to miloval! - Vzpomněl si na Amelinha!

-Je pravda, sestro! S krásným stožárem se každý člověk stane příjemným! Kéž mi feministky odpustí!

-Nemusíme být tak radikální ...!

Ti dva se smějí a pokračují v jídle na stole. Na chvíli na ničem jiném nezáleželo. Vypadali, že jsou na světě sami, a to je kvalifikovalo jako bohyně krásy a lásky. Nejdůležitější je cítit se dobře a mít sebeúctu.

V sebevědomí sami pokračují v rodinném rituálu. Na konci této fáze surfují po internetu, poslouchají hudbu v obývacím pokoji, sledují telenovely a později pornofilm. Tento spěch je nechává bez dechu a unavený a nutí je odpočívat ve svých místnostech. Netrpělivě čekali na další den.

Nebude to dlouho trvat, než upadnou do hlubokého spánku. Kromě nočních můr se noc a úsvit odehrávají v normálním rozsahu. Jakmile přijde úsvit, vstanou a začnou se řídit běžnou rutinou: Koupel, snídaně, práce, návrat domů, koupel, oběd, zdřímnutí a přesun do místnosti, kde čekají na plánovanou návštěvu.

Když uslyší klepání na dveře, Belinha vstane a jde odpovědět. Přitom narazí na usmívajícího se učitele. To mu způsobilo dobré vnitřní uspokojení.

-Vítejte zpět, příteli! Jste připraveni nás to naučit?

-Áňo, velmi, velmi připravený! Ještě jednou děkujeme za tuto příležitost! - řekl Renato.

-Pojďme dovnitř! - Řekla Belinha.

Chlapec dvakrát nerozmýšlel a přijal žádost dívky. Pozdravil Amelinha a na její signál se posadil na gauč. Jeho prvním přístupem bylo sundat černou pletenou blůzu, protože byla příliš horká. Díky tomu nechal svůj dobře zpracovaný pancíř v tělocvičně, odkapával pot a jeho světlo tmavé pleti. Všechny tyto detaily byly pro tyto dva „zvrhlíky" přirozeným afrodiziakum.

Předstírajíc, že se nic neděje, byl zahájen rozhovor mezi nimi třemi.

-Připravili jste dobrou třídu, profesore? - zeptala se Amelinha.

-Ano! Začněme tím, jaký článek? - zeptal se Renato.

-Nevím ... - řekla Amelinha.

-A co takhle se bavit jako první? Poté, co si sundal tričko, jsem zvlhl! - Přiznal Belinha.

-Také jsem řekl Amelinha.

- Vy dva jste opravdu sexuální maniaci! Není to to, co miluji? - řekl pán.

Aniž čckal na odpověď, stáhl si modré džíny ukazující addukční svaly stehna, sluneční brýle modré oči, a nakonec spodní prádlo dokonalost dlouhého penisu, střední tloušťky as trojúhelníkovou hlavou. Stačilo to, aby malé děvky spadly na vrchol a začaly si užívat toho mužného, žoviálního těla. S jeho pomocí si svlékli šaty a zahájili přípravný sex.

Stručně řečeno, bylo to úžasné sexuální setkání, kde zažili mnoho nových věcí. Bylo to téměř čtyřicet minut divokého sexu v úplné harmonii. V těchto okamžicích byla emoce tak velká, že si ani nevšimly času a prostoru. Proto byli nekoneční skrze Boží lásku.

Když dosáhli extáze, lehli si trochu na gauči. Poté studovali disciplíny účtované konkurencí. Jako studenti byli oba nápomocní, inteligentní a disciplinovaní, což si všiml učitel. Jsem si jistý, že byli na cestě ke schválení.

O tři hodiny později ukončili slibné nové studijní schůzky. Šťastné v životě se zvrácené sestry šly postarat o své další povinnosti, protože už myslely na své další dobrodružství. Ve městě byli známí jako „Nenasytní".

Soutěžní test

Už je to dlouho. Asi dva měsíce se zvrácené sestry věnovaly soutěži podle dostupného času. Každý den, co ubíhalo, byli více připraveni na to, co přišlo a odešlo. Zároveň došlo k sexuálním setkáním a v těchto okamžicích byla osvobozena.

Zkušební den konečně přišel. Předčasně odcházely z hlavního města vnitrozemí a obě sestry začaly chodit po dálnici BR 232 o celkové délce 250 km. Cestou míjeli hlavní body vnitrozemí státu: Pesqueira, Belo Jardim, São Caetano, Caruaru, Gravatá, Bezerros a Vitória de Santo Antão. Každé z těchto měst mělo svůj příběh a ze svých zkušeností ho úplně pohltilo. Jak dobré bylo vidět hory, atlantický les, farmy, vesnice, malá města a usrkávat čistý vzduch vycházející z lesů. Pernambuco byl opravdu úžasný stav!

Vstupem do městského obvodu hlavního města oslavují dobrou realizaci Cesty. Jeďte po hlavní avenue do sousedství na dobrý výlet, kde by provedli test. Na cestě čelí přetíženému provozu, lhostejnosti od cizích lidí, znečištěnému ovzduší a nedostatku vedení. Ale nakonec to zvládli. Vstoupí do příslušné budovy, identifikují se a zahájí test, který by trval dvě období. Během první části testu se plně soustředí na výzvu otázek s výběrem odpovědí. Banka odpovědná za tuto událost, dobře zpracovaná, podnítila nejrůznější zpracování těchto dvou. Podle jejich názoru se jim vedlo dobře. Když si udělali přestávku, šli na oběd a džus do restaurace před budovou. Tyto okamžiky byly pro ně důležité, aby si udržely důvěru, vztah a přátelství.

Poté se vrátili na testovací místo. Poté začalo druhé období akce otázkami zabývajícími se jinými disciplínami. I bez stejného tempa byli ve svých odpovědích stále velmi vnímaví. Tímto způsobem dokázali, že nejlepším způsobem, jak soutěžit, je věnovat hodně studiu. O chvíli později svou sebevědomou účast ukončili. Předali důkazy, vrátili se k autu a zamířili k nedaleké pláži.

Cestou hráli, zapínali zvuk, komentovali závod a postupovali v ulicích Recife sledováním osvětlených ulic hlavního města, protože byla téměř noc. Žasnou nad viděnou podívanou. Není divu, že je město známé jako „hlavní město tropů". Západ slunce dával prostředí ještě úžasnější vzhled. Jak příjemné být tam v tu chvíli!

Když dorazili do nového bodu, přiblížili se k mořským břehům a poté se pustili do jeho chladných a klidných vod. Vyprovokovaný pocit je ve vytržení radosti, spokojenosti, spokojenosti a míru. Ztrácejí čas, plavou, dokud nejsou unavení. Poté bez obav a obav leží na pláži ve světle hvězd. Magik se jich brilantně zmocnil. V tomto případě bylo použito jedno slovo „Neměřitelné".

V určitém okamžiku, kdy je pláž téměř opuštěná, je přístup dvou mužů z dívek. Snaží se vstát a utíkat tváří v tvář nebezpečí. Zastaví je však silná paže chlapců.

- Klid, holky! Neubližujeme vám! Žádáme jen malou pozornost a náklonnost! - Jeden z nich promluvil.

Tváří v tvář jemnému tónu se dívky smály emocemi. Pokud chtěli sex, proč je neuspokojit? Byli mistři v tomto umění. V reakci na jejich očekávání vstali a pomohli jim svléknout se. Dodali dva kondomy a vyrobili striptýz. Stačilo ty dva muže pobláznit.

Když padli na zem, milovali se ve dvojicích a jejich pohyby roztřásly podlahu. Dovolili si všechny sexuální variace a touhy obou. V tomto okamžiku doručení se o nic a nikoho nestarali. Byli pro ně ve vesmíru sami ve velkém rituálu lásky bez předsudků. V sexu byli plně propleteni a vytvářeli sílu, kterou nikdy předtím neviděli. Stejně jako nástroje byly součástí větší síly v pokračování života.

Pouhé vyčerpání je nutí přestat. Naprosto spokojení, muži opustili a odešli. Dívky se rozhodnou vrátit se k autu. Začínají svou cestu zpět do svého bydliště. Naprosto dobře si vzali s sebou své zkušenosti a očekávali dobré zprávy o soutěži, které se zúčastnili. Určitě si zasloužili to nejlepší štěstí na světě.

O tři hodiny později přišli v klidu domů. Děkují Bohu za požehnání udělená spánkem. Jindy jsem čekal na další emoce pro ty dva maniaky.

Návrat učitele

Svítání. Slunce vychází brzy a jeho paprsky procházejí štěrbinami okna a hladí tváře našich drahých miminek. Jemný ranní vánek v nich navíc pomáhal vytvářet náladu. Jak hezké bylo mít příležitost dalšího dne s otcovým požehnáním. Oba pomalu vstávají ze svých lůžek téměř ve stejnou dobu. Po koupání se jejich setkání koná v baldachýnu, kde společně připravují snídani. Je to okamžik sdílení radosti, očekávání a rozptýlení v neuvěřitelně fantastických dobách.

Jakmile je snídaně hotová, shromáždí se kolem stolu pohodlně usazeni na dřevěných židlích s opěradlem pro sloup. Zatímco jedí, vyměňují si intimní zážitky.

Belinha

Moje sestra, co to bylo?

Amelinha

Čistá emoce! Stále si pamatuji každý detail těl těch drahých krytin!

Belinha

Já také! Cítil jsem velké potěšení. Bylo to téměř mimosmyslové.

Amelinha

Vím! Dělejme tyto šílené věci častěji!

Belinha

Souhlasím!

Amelinha

Líbil se vám test?

Belinha

Miloval jsem to. Umírám, abych zkontroloval svůj výkon!

Amelinha

Já také!

Jakmile dojedly, dívky zvedly mobilní telefony přístupem k mobilnímu internetu. Přejít na stránku organizace zkontrolovali zpětnou vazbu důkazu. Napsali to na papír a šli do místnosti zkontrolovat odpovědi.

Uvnitř skákali radostí, když uviděli dobrou notu. Prošli! Pociťovaná emoce nemohla být právě teď obsažena. Poté, co hodně oslavil, má nejlepší nápad: Pozvěte mistra Renata, aby mohli oslavovat úspěch mise. Mise má opět na starosti Belinha. Zvedne telefon a volá.

Belinha

Ahoj?

Renato

Ahoj, jsi v pořádku? Jak se máš, sladká Belle?

Belinha

Velmi dobře! Hádejte, co se právě stalo.

Renato

Neříkej mi to.

Belinha

Ano! Soutěž jsme složili!

Renato

Gratuluji! Neřekl jsem ti to?

Belinha

Chci vám mnohokrát poděkovat za vaši spolupráci. Rozumíš mi, že?

Renato

Rozumím. Musíme něco nastavit. Nejlépe u vás doma.

Belinha

Přesně proto jsem zavolal. Můžeme to udělat dnes?

Renato

Ano! Zvládnu to dnes večer.

Belinha

Divit se. Očekáváme vás pak v osm hodin v noci.

Renato

Dobře. Mohu přivést svého bratra?

Belinha

Je to jasné!

Renato

Uvidíme se později!

Belinha

Uvidíme se později!

Spojení končí. Při pohledu na svou sestru Belinha rozesmála štěstí. Zvědavě se druhý ptá:

Amelinha

Přichází?

Belinha

To je v pořádku! V osm hodin večer se sejdeme. On a jeho bratr přicházejí! Přemýšleli jste o orgie?

Amelinha

Řekni mi o tom! Už pulzuji emocemi!

Belinha

Budiž srdce! Doufám, že to vyjde!

Amelinha

-Je to všechno v pořádku!

Ti dva se smějí současně a plní prostředí pozitivními vibracemi. V tu chvíli jsem nepochyboval, že se osud spikl pro noční zábavu toho maniakálního dua. Společně již dosáhli tolika etap, že by nyní neoslabili. Měli by proto i nadále zbožňovat muže jako sexuální hru a poté je odhodit. To bylo to nejméně, co mohla rasa zaplatit za jejich utrpení. Ve skutečnosti si žádná žena nezaslouží trpět. Nebo spíše, téměř každá žena si nezaslouží žádnou bolest.

Je čas jít do práce. Poté, co opustili místnost již připravenou, obě sestry jdou do garáže, kde odejdou svým soukromým autem. Amelinha nejprve vezme Belinha do školy a poté odejde do farmy. Tam vyzařuje radost a sděluje profesionální zprávy. Za schválení soutěže dostává všem gratulace. Totéž se děje s Belinha.

Později se vrátí domů a znovu se setkají. Poté začíná příprava na přijetí vašich kolegů. Den slíbil, že bude ještě výjimečnější.

Přesně ve stanovený čas uslyší klepání na dveře. Belinha, nejchytřejší z nich, vstává a odpovídá. Pevnými a bezpečnými kroky se vloží do dveří a pomalu je otevírá. Po dokončení této operace si představil dvojici bratrů. Se signálem od hostitelky vešli a usadili se na pohovce v obývacím pokoji.

Renato

Tohle je můj bratr. Jmenuje se Ricardo.

Belinha

Rád vás poznávám, Ricardo.

Amelinha

Vaše návštěva je vítána!

Ricardo

Děkuji vám oběma. Potěšení na mé straně!

Renato

Jsem připraven! Můžeme prostě jít do místnosti?

Belinha

Tady jsme!

Amelinha

Kdo teď dostane koho?

Renato

Sám jsem si vybral Belinha.

Belinha

Děkuji, Renato, děkuji! Jsme spolu!

Ricardo

Rád zůstanu u Amelinha!

Amelinha

Budeš se třást!

Ricardo

Uvidíme!

Belinha

Pak nechte party začít!

Muži jemně položili ženy na paži a nesli je až k postelím v ložnici jednoho z nich. Když dorazí na místo, svléknou se a spadnou do krásného nábytku, který začíná rituál lásky v několika polohách, vymění si pohlazení a spoluvinu. Vzrušení a potěšení byly tak velké, že bylo možné slyšet sténání, které bylo slyšet přes ulici a skandalizovalo sousedy. Teda ne tolik, protože už věděli o své slávě.

Se závěrem shora se milenci vracejí do kuchyně, kde pijí džus s cookies. Zatímco jedí, chatují dvě hodiny, což zvyšuje interakci skupiny. Jak dobré bylo být tam, učit se o životě a jak být šťastný. Spokojenost je v pohodě sama se sebou a se světem potvrzujícím své zkušenosti a hodnoty před ostatními, kteří mají jistotu, že nebudou moci být souzeni ostatními. Proto maximum, o kterém věřili, bylo „Každý je svou vlastní osobou".

Za soumraku se konečně rozloučí. Návštěvníci opouštějí opuštění „Drahé Pyreneje" ještě euforičtěji, když přemýšlejí o nových situacích. Svět se stále obracel k těm dvěma důvěrníkům. Ať mají štěstí!

Konec

Printed by Libri Plureos GmbH in Hamburg,
Germany